U0596710

找翅膀的人

燕七

著

中国出版集团 东方出版中心

图书在版编目（CIP）数据

找翅膀的人 / 燕七著. -- 上海：东方出版中心，
2024.5
ISBN 978-7-5473-2365-6

Ⅰ. ①找… Ⅱ. ①燕… Ⅲ. ①诗集-中国-当代
Ⅳ. ①I227

中国国家版本馆CIP数据核字（2024）第060126号

找翅膀的人

著　　者　燕　七
策划编辑　潘灵剑
责任编辑　潘灵剑
装帧设计　安克晨
题 词 等　老　树

出 版 人　陈义望
出版发行　东方出版中心
地　　址　上海市仙霞路345号
邮政编码　200336
电　　话　021- 62417400
印 刷 者　上海盛通时代印刷有限公司

开　　本　890mm×1240mm　1/32
印　　张　5.75
版　　次　2024年5月第1版
印　　次　2024年5月第1次印刷
定　　价　56.00元

版权所有　侵权必究
如图书有印装质量问题，请寄回本社出版部调换或拨打021-62597596联系。

目 录

远走他乡

紫罗兰沐浴在晚风中
花瓣开始休眠
路过的旅人
也在路边
靠着刺梨树吹了一会儿晚风

流浪的吉卜赛人
越走越远
带上自己的母亲
和珍重的所有
不再回到家乡

一路有人陪伴
宇宙的辽阔就刚刚好

局外人

坐在路边的槐树下
花朵簌簌坠落
芬芳的初夏
我是一个局外人

那些陌生人
在街上来来往往
看起来近在咫尺
相隔犹如天上的星辰

一个人待着
远远看着自己
每颗心都是孤品
一不小心就会打碎

自 我 的 进 化

暴雪后的清晨，到处是断裂的枝丫
风雪中的飞鸟，寻找它们失踪的巢穴

自我的进化都是艰难的。那时多希望
送自己去火车站的人
爱自己，和自己渴望的一样深

不被理解多好
可以把破碎的自己，一片一片捡回来

星星、萤火虫和我

我们都是在黑暗中
才学会了发光

看 不 见 的 神

根本不知道
是谁举起了太阳
又举起了月亮
在我陷入泥沼时
又举起了我

邮差

天空飘着的云朵
是一封信
风是邮差
把它们送到收信的地方

路上一群绵羊缓慢走着
快到年关了
它们正被时间的邮差
送去危险的地方

心 头 一 亮

饥饿的海鸥在海边盘旋
码头上忙碌的工人还在装卸货箱
每个人都很疲惫
找不到同伴
就一个人上路
没有人回头
去数自己雪地的脚印
一直往前走
等着某天
突然心头一亮

窗 外

一匹野马在草地上吃野花
吃掉小雏菊和蒲公英
还偷偷吃掉了
半个月亮和一堆星星

那座山是一头狮子
被施了咒语
金色的树林是它的鬃毛
阳光下金光闪耀

一根枯枝上站着七八只鸟
飞走一只
那首曲子就跑调了

找翅膀的人

雪花落在地上
翅膀就被收走了
所有来到人间的仙女
同样如此

天黑了
妈妈仍在忙碌
不要问她在找什么
她和我一样
在找自己的翅膀

扫码听 · 李娜朗诵

被命运珍爱的日子

在太阳下山前疯狂骑自行车的女孩
赶往关门前的图书馆
只为借一本没看过的旧书
用来温暖一个孤寂的夜晚

和夕阳融为一体的女孩
和奔跑的自行车一起燃烧着
那些只有书陪伴的日子
她被命运珍爱而不知

扫码听 · 李娜朗诵

星星落在碗里

是风吹来云朵
是风吹落了叶子
是风吹皱了这颗心
是风，把爱吹走

星星一颗一颗都落在碗里
比一个秋天清晨的露珠还多

你会一直记得吗

看不见的铁环滚动着月亮
驱赶着它往前走
看不见的铁环也驱赶着我
坐在湖边，不敢一直坐到日落

挣扎的火焰终究被风吹熄
努力去爱的人，还是被命运分开
被风吹灭的火焰会一直记得风吗
你会一直记得我吗

更多人会在天黑前起身离开
像一个个包裹，把自己投入遥远的目的地

扫码听 · 李娜朗诵

夏 季 的 云

把夏季的云
关一朵在房间里
让它为我下一场小小的雨
把我当一朵铃兰淋湿
还是很多次想你
那不是真实的你了
我走了
带着我的月亮流浪

春 光 中

春光中天空在变绿
树枝都向上生长
它们准备着兜住
那些不小心坠落的群星
世界变得柔软
每一步都走向温暖光明
没有人在原地不动
春光中，我几乎学会了把你忘记

抬头看见妈妈

别告诉妈妈
你在雨中落泪
别告诉她
心会结冰

让她记得你爱笑
晴空下去看玉兰花
你知道的
只要一抬头
就能看到什么

扫码听·李娜朗诵

心 是 疲 惫 的 落 日

下班挤地铁的路上
这颗心是疲惫的落日
一路滚到了地平线之下
谁也看不见的地方

河边的人在黄昏撒网
河面上波光粼粼
撒网的人摘下那些跳跃的小鱼
摘下灵魂里的星星

每一片鳞片剥离时
都是撕心的疼

下雪天的老人

公园里在下雪
一个老人坐在长椅上
双手没有手套
脚下没有狗

他的背影如雕塑
很多年没有被爱的那种悲哀

看 见

无数次
坐下来和自己交谈
哪些渴望驱使我不想平庸
哪些让我失去自我

牵着牛的人
走在青色的麦田里
无垠的风吹着麦浪
他不知道自己行走在如诗的画卷中

小镇的老街

妈妈带着妹妹
住在靠着老街的三楼
总有人在巷子里喧哗走动
幽暗的灯下雨水飘荡

晴天妹妹总是从阳台上往下看
在街上卖栀子花的人
卖酒的人
吆喝着路过

妹妹没有我那么多烦恼
我心里装满了恐惧
不知道明天
又会寄居哪里

春 天 的 树

上山的路边
开满了金盏菊
去往山顶的车流
仿若天上川流不息的星光

山上的寺庙
香火袅绕
总有人
跪拜着恳求菩萨

想去寺院的墙外听听缓慢的钟声
看看行道树
一片可以看落日的草地
没有一棵活着的树，会在春天毫无动静

碗碎的声音

每天都不能不遇见黄昏
走那条孤寂的路
傻子一样低头寻找，趁着四下无人
明知没有人在这条路上落下信物
彩虹、晚霞、鸟鸣、黄昏的雪
美好的东西都留不住
电视上，那些战场上幸存的人们
拖着残缺的身躯回到家乡
和幸存的家人抱头痛哭
碗碎的声音，是心碎的声音

海上仙山

天上的月亮
从来没有因为谁忽略它而伤感
大雪没有覆盖
那些娇弱的花儿
在两三次霜打过后
它们颓败的枯枝就已冬眠
从弯弯的小路离开的人
多少人已经迷路
我的心静不下来了
或许是我的心上，漂来了一座海上仙山

傻 瓜

月光盖在身上睡不着
寒冷的星空下
瑟瑟发抖的稻草人
也没有睡着

最傻的傻瓜
没有给自己留退路
爱会停止的
它不是永动机

蒲公英的梦

在许多个瞬间
阳光照进心房时
感觉自己活过
就是这样一次又一次
被微小的希望点燃

风吹散了我们
但愿会把我们再吹拢
或者，让我们独自成林

秋天过后是冬天

酒过三巡
几个伙伴都簌簌掉泪
拳头大的心腔
那么多堵塞着的不开心

有人一直笑着
一直在喝酒
她说，只要我不认输
就无人宣布我失败

秋天过后是冬天
谁都要起身离开
拳头大的心腔
那么多堵塞着的不开心

普通又幸运

爸妈结婚后第七年
我来到这个世界上
爸爸很久以后才回家
只有妈妈去庙里感谢菩萨

生在那个年代的农村
如果老大是男孩
老二或老三是女孩
很有可能活不过一天

还有很多女孩
在池塘失足
或者病死
以及其他的原因无法长大

如此普通的我

又是多么幸运

耳 朵

小时候犯了错
我爸揍我的时候
每次都打得鼻青脸肿
我以为全天下的爸爸
都打小孩
都会用双手提起小孩子的耳朵
让她的整个身体离开地面
让她的恐惧
大于疼痛
害怕自己掉了耳朵

活着是运气

鳞光闪闪的水波
诱惑岸边的我
从三岁开始
我总是
一不小心滑进
门前的池塘

喝饱了水，渐渐下沉
会有一只大手
把我捞起来
又一次
过路人的相助
让我活了下来

比我大两个月的迎春
没有我的好运气

曾经希望

多么希望自己
是台上那个闪闪发亮的主角
父母骄傲地看着
在全世界面前都不胆怯

多么希望幸运之神总跟随着
让自己在阳光里长大
却又懂得慈悲
从不狂妄

多么想从未受过伤
这一生
认识你
更认识自己

雪是新下的

寒冷的冬夜
雪是新下的

我需要那一堆木头
也需要点燃它的火柴

只需要足够的火星
腐朽的木头也能燃烧

心 之 所 向

我的心自己作出的选择
穿过危险的森林
攀过绝壁的悬崖
在无人的峭壁上哼唱

是这颗心选择了它想去的地方
它想爱的人。我有什么办法

需要一次彻底的力量

需要一次彻底的爱
付出所有，然后失去
在绝望中
掉转船舵的方向

需要最彻底的悲观
深渊中看不到一丝光亮
置之死地后
再一次重生

需要和这一生
周旋到最后
需要反复打破
再重建

不在伤口上撒盐

痛苦是短暂的
它狠狠给你一拳
扬长而去。不能留住它
在伤口上反复撒盐

快乐是短暂的
它停留一下就走远
不要奢望永久
只感受最初那点甜

记住那种爱着的感觉就好
生活是要往前走
去流动去创造
不被痛苦和快乐钉在原地

意　外

某人的出现是一行出错的代码
你无法运行理智，用某项指令把他删除
他没有出类拔萃，偏令逻辑失效
或许生命不能太过平滑地一晃而过
多变的命运，一些意外的发生
让时光变缓，让心煎熬

多年以前

还记得多年前，一个很老
又很丑的女人，请我们吃大王花煮土鸡
我们的身后，芒果树开着淡黄色的花
那时差点就选择了另一条路，过另一种生活

只要在一些刹那保持克制
绕开慌乱过一瞬的眼神。放下忧郁
放下一捆潮湿的木柴。没有树枝的树
它们沉寂冷漠

穿着道袍的人，看上去很像是道士
走在尘土飞扬的路上。不希望自己
成为和尚或道士。在午后打盹
但不沉沉睡去

我让他来我梦里
是否我也能在他梦里来去

当你有一只猫

同学把猫送来了
带有猫窝、碗、砂盆
还有猫粮
它要在我这里住段时间

天气冷的时候，它喜欢
在我的键盘上踱步
用猫爪打下一行行乱码

或者一屁股坐在键盘上
用无辜的眼神看我
当你有一只猫
你的心就会发生变化

去 外 婆 家

一阵风从远方跑过来
吹拂你
花正开着
陌生人吹着口哨，远远地

去外婆家的路
走了七八里。妈妈
那时还多么年轻
多年后总是想到她笑着的眼睛

路边的树用清凉的口哨声挽留我们
云朵陪我们走了一程又一程
夕阳在小路的尽头坠落
等不及的外婆，从远方走来拥抱我们

我打乱了星空

我打乱了星空的秩序
让它们随便排列
世界没有规则可言
灵魂必须从身体里越狱

让宇宙去它的
爱谁谁
我爱这颗心
它不坚硬也不易碎

也许有一天

我肯定伤过父母的心
想不起来具体的事
也伤过朋友的心
被朋友伤过

我们有矛
也有盾
伤着别人时
总先伤着自己

有时候我能看见
欢乐覆盖着悲伤
更多时刻
黑暗迅速吞噬光亮

那些陷于深海中的生物
它们的一生
有没有渴望过
以另一种形式来过

春天在变绿

窗外一天天变绿
鸟鸣声浓密
路人脚步轻盈
那样香甜的，不是桂花树
不是橘子。淡淡的香
是晚风中的杏花
一个灵魂，只在一个身体里居住
有些身体里没有灵魂
嗡嗡的蜜蜂，掠走了一朵花全部的蜜

抓住那颗飞星

没有人收养那些云朵
它们就一直往前走
没有人放那些火烈鸟离开
它们蜷缩在公园的角落

没有人注意
星星长了一条发光的尾巴
从天空一颗颗飞走
没有人知道飞走了多少

抓住心动的那颗星
一分钟也不能等

远 处 的 黄 昏

命运之神反复敲打
没有什么还是完整的
一切都已破碎
亿万年前的星尘
在灵魂里涌现
抬起头来，看那棵树
想明白了
什么都不属于我
点燃野草，让它燃烧
扑向远处的黄昏

不是雪，是海浪

几乎就要爱上他了
倘若他深情凝望着我
谁也不能阻止
我把心掏出来

深冬的树林里阳光稀薄
路人蜷缩着手足
一场大雪
正驾着马车呼啸而来

有人正倾空了大海
让荒漠成为大海
我不是雪
是海浪

心是美丽的

淋雨的时候总是一个人
看花的时候也是一个人
爱的尽头是不那么爱
什么都会疲倦

月亮也是
它走了太久的路
心都是美丽的
在云朵上数星星

风在外面敲门
树枝在窗前摇晃
谁都不是独自一人
一朵雨云也有很多人关心

暗处的花瓣

在那黑黢黢的暗处
突然飘来的花香
一棵蜡梅树
被黑暗遮挡了光芒

在寒风中盛开的花瓣
连笑声都那么孤单
她在大风中停下
就被吹走

承认自己不被自己爱的人所爱
不亚于月球撞击地球所带来的灾难
渴望相遇的恋人
但愿永远记得最初的甘甜

扫码听 · 李娜朗诵

花椒树

长满分叉的花椒树
在春日生长出细密的嫩芽
绿色的树叶碰撞出
绿色的回声
白色的云朵碰撞出
白色的声音
和你碰撞
会发出怎样的声响
在所有的人群中
我看向你
我们的爱不比别人的爱更多
一只蜜蜂从不困惑
从不浪费时光
阳光下从一朵花到另一朵花
吸摄花朵的芬芳，带走花朵的愿望

这颗心会开花

也会沉寂多年后燃起摧毁一切的烈火

陆 地 也 有 风 浪

是的，我不愿被驯化
否则和别人有什么不同
独立、自由
有自己小小野心的生长

我不是抛弃出海船只的船长
陆地也有风浪
也不是没有力气全都忘记
只是想爱恨更痛快彻底

不害怕暴风雨的洗劫
还能重建宁静的星空

摔跤以后

九十多岁的太爷爷摔了一跤
脊椎摔断了
躺在床上不能动
面容枯槁

他的孙女站在床头
咬着牙诅咒
老不死
怎么还不死

他流泪
开始拒绝吃喝
阎王没来收他走
他自己送自己

真悲伤啊
他受伤的是脊椎
不是耳朵

傍晚的池塘

傍晚时分，小子们陆续从山上牵回了水牛
它们鼓胀着肚皮
尾巴甩打着身后的牛蝇
小子们跃入池塘，在水中翻腾
它们跟随其后，把头和脊背浮出水面
天色渐昏暗，小村炊烟袅袅
母亲们站在门前呼喊。小子们骑上了牛背
一轮新月从他们背后的池塘缓缓升起

生 不 如 死

她活着的时候
无人问津
死了以后，儿女从各地赶来
披麻戴孝，跪了一地
像是电视剧中请的群演
笑的时候乐开怀
哭的时候歇斯底里

她活着的时候，想死他们了
此时若泉下有知，一定又舍不得死了

什么时候才能遇见你

时间是一支箭
把我们从出生地
向死亡地射去

被抛到这个世界的孩子
无助地哭了
却被母亲温柔地接住

我们每个人都是一颗卫星
在自己的轨道运行
遇见你，实在太渺茫了

从外太空上看
我们都是漆黑的旅途中
火车上忽睡忽醒的人

扫码听 · 李娜朗诵

一生的意义

我喜欢你，比你的回应更重要的
是我自己的内心
我不知道从哪儿来，到哪儿去
反复练习表白
只是为了听到内心的回声

只要去寻找，总会有所发现
一粒沙里有一个世界
不在于破坏，而在于建造
我愿意独自修建我们之间的桥梁
它永远不会竣工

扫码听 · 李娜朗诵

银杏树

工人用木棍狠狠敲打
银杏树上的果子
断裂的枝丫纷纷落下
那些成熟的浆果
有腐烂的味道
工人将它们装入垃圾袋
送去垃圾填埋场
在乡下，银杏果是珍贵的药材
没有人舍得，这样猛力敲打一棵树

这 很 重 要

从小到大
没有遇到过
集善良温暖智慧幽默才华于一身的人
我也不太可能成为这样的人
那么，至少成为一个好人
朋友说
这很重要
这世上多一个好人
就少一个坏人了

礼 物

天气晴朗
一阵柔和的风吹向树枝
怎么去形容
千万朵花同时坠落

我可以在一棵树下
坐一整个下午
娇艳的花瓣在阳光下
很快会萎败

所有的花朵
都是春天的礼物
离开枝头也是

有暖气的房间

住进有暖气的房间
用了四十六年
所有的回忆
饥饿寒冷占了大半
作家就应该住在有暖气的房间
先让身体暖和
然后是心
再然后是文字

朋 友

她说起十一岁那年的同学
提起好几个人的名字
每一个我都想不起来
记忆里一片空白
我只记得她
这个找了我三十年的朋友

多少年过去

多少年过去
一切照旧
晚归的鸟
落在树木的肩上
晚霞把它的纱巾
披在湖心
走在湖畔的人
影子跌入湖中
可能没有来生
来生也不记得你
回想往事的心情
惆怅的月光
三言两语不能道尽

小镇上

小镇上那些长相极丑的女孩子
也会偷偷照镜子，穿红色的衣服
慌乱的眼神，小鹿乱撞的心
跟在喜欢的人身后迷路

没有人告诉我说，这颗心
很珍贵，不要摔碎了

情书

镇上的小学和初中
隔着一条河
他每天要过那条河
趁着人少的时候
才能把信送来

没有回信给他
突然转学的那天
在空寂的街上回头
感觉他在远处看了我一眼

初春的花蕾还没有打开
已感觉它的美好

我 尝 过

我尝过悲伤的味道了
够了。我不想要了
我尝过喜悦的味道了
还要更多
丰富的灵魂，不悔的一生

不再午夜醒来辗转反侧
不再害怕噩梦
也不再害怕幸福
晴天的午后
一个人出门散步

一朵玫瑰和其他玫瑰

和其他玫瑰不同
一朵玫瑰在黑夜默默燃烧
嘶哑呼喊着黎明
潮湿的露水引来路人的脚步

认真陪伴一朵花盛开
你就知道
一朵花开的时间
并不短

雪人

雪把我的脚踝绊住了
路过的人
把我当作一根
正在努力拔出自己的树枝

我正在恳求雪
让我变成一个雪人
让我多些寂寞
多点固执，眼泪少点盐

我 来 自 这 颗 星

这颗星球的命运
是我们的命运
在我们每个人身上
预演过

它年轻的时候
充满活力
现在伤害累累
被反复开枪

仍一次又一次自愈
然而它的生命结束时
会变得漆黑、冰冷
坍塌成黑洞

猫

神秘、高傲
没有忠诚
只需三天，就把我忘记

它在我怀里，惹人怜爱
把心给它的时候
它只是来蹭一蹭我身上的暖气

爱让人孤单

爱让人孤单
比不爱时的孤单更让人难过
渴望一天对视十次
牵手二十次，这算不算是一种怪癖
可能是被生活伤得太深了
雪一样紧紧抱着的人
也渴望能在一起融化

晚 星

那时候我们每天说晚安
没过多久
风吹熄了晚星

我所知道的是
没有人
往木星上扔一把火
至今没有人对它下手
它仍形单影只

我坐在马路边
一直等着喊我回去的声音
事实上
不太可能发生

小 粮 库 的 桃 花

小粮库的院子里只有几栋仓库
还有几个看守仓库的保管员
我是其中的一个
每天在办公室接电话

贫穷的小粮库，每个人都学会了种菜
我也有一块小小的菜园
春天时在围墙外有一棵开花的桃树
我有点爱上了这个地方

一个没有人说话的地方
桃花和桃子多么可爱

算 命

每年春天，妈妈都去老街
给我算命
"算命如探路，
看一下这一年的运气"
每次妈妈说到会有哪些劫数
只当耳边风
说到好运气
就开心傻笑
觉得这十块钱
花得值得

没有故乡的女孩的悲哀

村里的女孩嫁人的时候
会狠狠地哭
小时候不明白
嫁人是可怕的事吗

长大后才知道
嫁出去的女儿泼出去的水
女儿嫁出去了
受了委屈只能忍着

每个嫁出去的女孩子
哭自己不能回头的路

闲坐台阶上

一年的时间
没有人给我发消息
电话也不再响起

现在，我闲坐在台阶上
没有人见过我
也不会有人和我打招呼

我在陌生的城市
窗外有五棵玉兰树

十七岁的时候

十七岁的时候
守着最小的粮库
在那十年中
每天下班
疯狂踩着自行车
去图书馆借一本书

在图书馆的工作人员
也没有我看的书多
我把图书馆的书都看完了
就去街上的书摊和书店

不轻易雪崩

彻夜不眠的人在月光下踱步
天空的星辰未必比人更孤独
命运的锤子砸来时
骄傲让我挺身而出

放心吧
我不会落败
身后若没有人依靠
谁敢轻易雪崩

晚安，花瓣来吻我
晚安，皎洁的月光陪着灵魂登陆

空欢喜也是欢喜

活，不是活岁数
为了对生活的体验
和中间的甜
宁愿承受结局的黑暗

不能像没有来过这世界一样
空欢喜也是欢喜
坐在剧院看完结局的人
谢幕后，还不想起身

扫码听 · 李娜朗诵

80

阳光如花布

阳光如花布
铺在墙上
几棵玉兰树
影子在墙上晃动
飞旋的落叶
铺了厚厚一层
一些绿色的叶子
不用抓牢树枝
也能度过冬天

不 能 对 自 己 的 心 撒 谎

那样相互折磨过
那样燃烧过
其实都是值得的
在活过的三万天里
太阳和月亮常陪伴着我，这就够了

还有他。把他写进我的诗里
让他喝醉，深深地爱我
只爱我
世上的大部分人
都没有爱得那么刻骨铭心

不能对自己的心撒谎
它会一直保持善良和纯真

野 花 的 王 冠

她采了满山的野花
只够编一顶花冠
夕阳西下
露出戴着花冠的脸

穿红衣服的人站在白李子树下
穿绿衣服的人走到红李子树下
月亮来来回回
站在它们之间

声 音

最好听的声音都藏在树林里
我曾去树林里寻觅
声音最悦耳的，并不最光彩照人
它朴素的外表，掩饰不住
活泼的心。把歌声给了喜欢的大自然
其中有它求偶的伴侣、盛开的花朵
落在林中的光线，和路过树林的我们

玉兰的凋零

没有神秘就没有吸引
盛开的玉兰花
转瞬间分崩离析

这一生都在和影子恋爱
都在渴望倒退
回到纯真的少年

你的引力
仍是我不能飞离地心的原因

曾经

曾经多么天真
总想拿自己的心去换另一颗心
越擦越多的眼泪是奖赏给手背的
滚烫的吻

窗外的植物以缓慢的速度生长
我的速度跟不上它们的变化
是的，我太慢了
不敢敞开心扉

探索那些深处的秘密
我们彼此防备，不敢爱得太深
一点风吹草动，就能让我们
逃回各自的巢穴

扫码听 · 李娜朗诵

它们属于我

一小会儿工夫
阳光就走了一大步
在围墙的另一端
照亮着那几棵香樟树
整个上午
阳光来来去去
只有我感知它们的时候
它们才属于我

好 时 光

天空是一块大大的幕布
白天放映着白云
夜晚放映着群星
在黑暗中仰望夜空
黑夜才是好时光
必须停止
去爱那个让你心痛的人

七月在下雨

整个七月都在下雨
小镇的街上成了汪洋
老人们望天长叹
水库里的大鱼在街上游弋
锅碗瓢盆在水面飘荡

没有一辆从远方路过的汽车
在这里停下
没有人去补天
没有人知道
什么时候雨会停下

我不害怕落单

每天都打开邮箱看一遍
怀疑邮差弄丢了信件
写信的人，没给我回信
给我寄信的人，我不想回
每个人，也许是别人眼中的珍宝
也许是另一个人眼中的尘埃
骄傲让我沉默，不害怕落单

家 乡 的 味 道

孤寂的旷野中
一匹从战场回来的马在吃草
坐在梨树下打盹的老兵
盔甲布满伤痕

梨树正在开花
这是天地间最洁白的一树梨花
晚风的味道是家乡的味道
家乡的茶树在发芽

弯月

高脚的鹭鸶伸长脖子望月
午夜的街道伸长脖子等雪
爬上屋顶的猫惊动了星群
隐居的侠客在冷风中喝酒
带一身疤痕搂着弯月睡去

让猫代替人们相爱

没有花朵死于心碎
被蜜蜂反复蜇伤
也不流泪
唯有心比花朵
更柔软、更易碎

我的猫和你的猫相爱
它们轻易就获得幸福，没有阻碍

仙居顶上的树

仙居顶上的雪
沉沉落在眼睫上
落在松枝上。山上的雪
压倒一棵又一棵树
巨大的树，矮小的树
还喘息着的树
不知道它们怎么度过了
那些残酷的冬天

冬暮

迷人的霞光，荒冷的原野
还能不能重逢，并不十分要紧
眼泪不是句号，是省略号
很多话放在心底，不必再说出
茫茫大雪将一颗心覆盖
不是只有我怕冷
不是只有我被强按着头
过一种违背内心的生活
要么改变命运，要么被命运改变
最冷的天气，带来最刺骨的回忆
无法忘记那绝望的黄昏
隐藏在暮色里，蜡梅树赤裸的香气

火山一样去爱

吻了他以后，快活的心脏
有一只小鹿乱撞
她平生最勇敢的事迹里
这算特别骄傲的一桩

火山一样去爱
赤诚的心
婴儿的心
世间最温柔的梦
就在这里

诗 人

我来到城市，见到了一些诗人
大多数诗人喜欢在一起喝酒
谈到某个话题，激动地发生争执
他们肯定是最好的父亲，最伤人心的情人
在喧哗的夜色中，模糊不清的脸被星光辨认

被雪包裹的树枝

天空下雪了，仿佛下起来就不会停
乌桕树挂满了洁白的星星
在雪里走很久很久了
想劫一个温暖的人一起过冬
满天星辰里遇见
一双凝望的眼睛
一起看，雪中被雪包裹的树枝
云朵路过林间的阴影

苦楝

喜欢看叶子落光后的树
见过它美的时候
也能接受它的一无所有
晴天时我爬上山顶
告诉山顶的苦楝
这场大雪是我等来的
等我把春天喊来
给你织一件绿毛衣

那时眼里有星光

坐了很久的车
走到你面前
疲倦让人微微倾斜
你没有扶住我的肩膀
简单的晚餐
没有拥抱
没有熨帖的问候
坐在阳台上看夜空
仿佛还能看见以前的自己
满眼都是星光

花市

初雪的清晨
我在花市里顾盼
想要藤冰山，也想要铃兰
路人行色匆匆
龙菊和山茶，在角落忽明忽暗
年轻时我也喜欢低着头
没有人看见

狗尾草的故事

又下雨了
天色开始变黑
栾树在风里摇晃
有时落下几片枯叶

树冠向着天空生长
和云朵交换信笺
每棵树都有自己的心事
爱恨的情节

埋下小狗的地方
会生长一片狗尾草

蜂 鸟

悬停和倒飞的蜂鸟
需要不停地吸食花蜜
才能保持
每一次振翅

在漫漫长夜中等待天亮
每一个夜晚"假死"
在黎明中醒来
这痛苦挣扎的过程

小蜂鸟活着的每一天
都是奇迹

发不出声音的人

一只鸟的胸腔中
有那么多悦耳的鸟鸣声
替那些发不出声音的人
轻声嘀咕

深夜的路人踢着路边的空瓶
破碎的声响令街道空旷
躺在屋檐下的流浪汉
品尝着嘴角的月光

初 夏

午后在一朵
雨后的栀子花上
看见彩虹

一只小小的蜗牛
趴在翠绿的叶子上
不知要去哪里

不管经历了什么
触角仍然柔软灵敏

冬 天 去 海 边

冬天去海边就好了
可以看到很多人
把身子埋到沙滩里
扑来的浪花
和喧哗的笑声
是一面墙
把这个世界隔绝开来
在陌生的人海中
享受着孤单
听见相似的声音
还是想回头再看一眼

河 堤

周末的河堤上
年轻的母亲凝视着孩子
在春光中跌跌撞撞奔跑
小情侣坐在垂柳下
各自看着手机
每个人都有自己的界限
蜜蜂和蝴蝶包围的油菜花田
老人仰头放着风筝
试图用一根丝线拉回年轻的日子

快活的小鸟

我曾漫不经心应付生活
它也如此待我
现在我用诚挚的心对它
它用温柔回应

做一只快活的小鸟
是一种选择
从枝丫上
向着广阔的天地飞去

想 得 到 的 偏 得 不 到

在夜晚航行的水手
会和迷路的海鸥打招呼

走在陆地上的人
不知道海上颠簸的眩晕

各人有各人的苦
总也吃不完

我们都想得到爱
谁不是坚硬的壳里裹着一点柔软

星星的滑梯

环卫工人卸去树的枝丫
吊车碰掉了几朵乌云
他们每天干着的活
真的很有意思

勾着树的脖子说
老兄，你又长高了
三轮车拉走树枝和落叶
游荡的星星把树干当滑梯

醒来窗外在下雨

醒来窗外在下雨
雨滴敲打着树叶
听说许多生活在一起的人
会彼此蔑视

破碎的蜘蛛网
兜住昨夜坠落的月亮
秋天成熟的果子被击落
谁是猎人

一匹马在秋天奔跑
天空是它的草原

夏天的宁静

夏天把荷花捧在怀里
让它在清凉的池水中栖身
给自己种花
对镜中的人微笑
从自己的眼里看到不同的自己

和自己相逢

如何对自己说
才刚认识你
我曾无数次和自己擦肩
是自己的陌生人

走着走着就忘了想去的地方
想不起来这个世界的目的
以为是命运让我们错过
却原来是为了让我和自己相遇

科学家困惑于宇宙的神秘
我着迷灵魂的星河
曾经小河沟也迈不过去
直到看见茫茫大海上有座桥

看 医 生

医生说，你性格太敏感
又好强，所以焦虑和抑郁缠身
必须吃下这些药，才能好转

他对前面的三个人
也是这样说

空着的位置

我们坐在夏日黄昏的桃树林里
刚落下的桃子上趴满了天牛
贪婪吮吸着桃汁
从树叶溅下的光线落在手中的小说上

在遥远的回忆中，那一幕仿佛是书中的情节
坐在我身边的女孩，早就不在了
她去了很远的地方，有一天
我会动身去找她

告诉她
她留下的位置还空着

无 题

我在心底做了长久的安排
可我知道过了今晚没有明天
说什么都想要，那是假的
说什么都不想要，那不是真的

心神洁净的人不能随波逐流，没有放纵的权利
灵魂开出花朵来，是蔷薇，也是茉莉

和 树 叶 击 个 掌

走在路上时，踮起脚尖
伸长手臂去够枝头的叶子，和它轻轻击个掌

满街上都是表情沉闷的人们
我想成为一个还会笑的人

一 点 光

每个认真的人
都可能被这个时代辜负
那又怎样呢
余生的时光短暂
来不及后悔
不如成为星星
成为萤火
一点光
也是光

有时候地球会转慢一点

站在雨中张望的人
被雨水淋湿
他们的心
也曾棉花一样洁白柔软吧

有时候地球
会转动得慢一点点
等着伤透心的人
重新爱上这个世界

马 路 边

马路边的小贩越来越多
孩子们骑在泡泡机上
从滑梯滑下时，一双手会接住他

人们远远避开
迎面走来的流浪汉
他们也曾被父母捧在手心

是什么推着我们向前
掌心的几条线
是否就是我们一生要走的路

卖栀子花的婆婆
坐在路边
把一朵洁白的花别在耳畔

宁愿疼痛，也要燃烧

闪电从天空劈开
远处的城市着了火

炽热的六月
疲惫的动物找不到一棵阴凉的树

不能一直麻木地生活
一直待在黑暗中

宁愿疼痛
也要燃烧

深情的人都没有爱够

在光亮的白昼
一切悲伤都会自愈
等漆黑的夜来临
孤独会变得凶残不安

你以为我会投降吗
不，不会
我不怕孤独的鲨鱼
它闻着味儿寻来

不只是我
深情的人都没有爱够

月 光 下 的 玫 瑰

从悬崖上的秘道去采摘樱桃的罗宾汉
用樱桃当武器羞辱自己的敌人
在被俘以后
他的敌人砸他以月光下的玫瑰

我不害怕孤独

我不害怕黑暗
在黑暗中，我听见
月亮泼下月光的声音
听见有人在黑暗中
轻声地哭泣

那么多人
没有得到心之所想
那么多颗心
在孤独的汪洋中漂泊
孤独中死去

我不害怕什么
岁月夺走了青春，赐予我智慧
我要我自己采撷的蜜

我不要没经过磨砺
而获得珍珠

等 很 久 了

宁静的湖边
收藏了落日的最后一抹余晖
渔船经常停靠的海边
天狼星也时常回头凝望

我以为
爱都是好的
很多树
没有独自在沙漠里生长的能力

我已经
等很久了
总是走来走去
不让自己结冰

不要看月亮

哑巴的身上着了火
自己跳到井里让它熄灭
有的人遇见了
仍各自在风雪中赶路

在月亮下等待了很久
什么也没等到
春天的夜晚不要看月亮
谁看它，它就跟谁走

一生只需要一瓶蜜

总是和自己为敌
拒绝一种平庸的稳定
一眼看到尽头令人窒息
除此谁会拒绝幸福的靠近

一勺蜂蜜添加些许清水
淡淡的甜已足够
只要一瓶蜜
能让一生都氤氲着花香

路灯下的玉兰

路灯下，玉兰盛开
在树上那样高贵
落地就受伤了
经不起一丝丝摧残

那样恬淡的清香
那样皎白的颜色
晚风中
那样微微地摇曳

在没有长出刺之前
我错把自己当成
是一瓣经不起风霜的玉兰

无法填满的记忆

最寒冷的日子已来临
要一个这样的伴
他的心是软软的棉花
可以抱着取暖

要燃起很多火焰
才能抵御这寒冷的黑夜
要有赤诚的心
才能不在这尘世的泥泞里深陷

记忆的鸦羽随风而逝
那天离开时，没有回头
总是失去后，才发现那塌陷的位置
不知拿什么可以填满

快过年了

立春的时候，雪落下来了
接连几天的冻雨和雪
带叶子的树枝不堪重负
整夜都在脆裂

一年的日子又过完了
盘算着收成，如浸入冰雨
像牛羊
多么害怕年关将至

野 花 地

晴天的午后
背着背包出门
走累了
在路边歇一会儿
走到一片野花的草地
躺下来
不是荒野的闯入者
是回家的人
走在路上，我和风
在黑暗里碰撞

心是软弱的宇宙

你不知道我走了多少路
才走到这路口
我磨亮了多少星光
才如此落寞
采一束明亮的小雏菊
来慰藉自己

这颗心是软弱的宇宙
怕黑、怕疼、怕苦、怕饿
怕你和我走
怕你不和我走
怕爱让人失去自由
失去自我

同 行 者

亲眼看见一棵大树
在风雪中
将自己连根拔起
轰然倒地

更多的树
它打破平静
无人知晓
一棵树想要的是什么

只有遥远的同行者
能听见遥远的
痛苦的回声

潮 湿 的 心

不需要爱了
太久没有找到
就不需要了

不需要同情
不需要惊讶
欣赏也不需要

心太潮湿了
使劲点火
也无法燃烧起来

逆风的船只

有时候我感受不到时光的流逝
阳光照在树叶上
那棵树没有动弹，它在休息
有时我感觉不到温暖
周围没有一个人在意我的离去

我对自己说，你只是累了
逆风的船只走得更稳

余生寻找的日子

屋前有枣树、樱桃树
池塘边有柳树
春天我们站在池塘边
多年后才回头看见水里的倒影

屋后一大片老鼠枣
夏天吹溜溜的风
淘气的孩子在那里翻滚
母亲们纳鞋底

厨房的水缸永远都有清水
我们在灶前烧火
狗卧在脚旁
月亮在屋檐上缓慢升起

如今那房子长满了荒草
村庄寂静无人
我们丢弃了那样的日子
然后用余生寻找

我们走散了

更深的夜晚
我们在地球上溜达
一路上有看不见的沟坎
溪水闪亮
能听见大山在翻身
河马在低喘
鹭鸟们在松树枝上呢喃
群星用很僵硬的姿势
互相致意
只是眨眼的工夫
我和朋友们就走散了

暗 网

没有人脱离地心引力
离开银河系
时间的成本太高了
穿越虫洞还需要练习

密密麻麻的星空
多少造物主盯着地球
巨大的暗网
覆盖在我们宇宙的上方

等到什么时候

小猫躲进了地下室
以此来逃避孩子们的热情
它需要一些黑暗
和独处的空间

有时候我们需要爱
应付孤独
有时候明明没有爱了
仍舍不得走开

黄瓜藤结了黄瓜
黄瓜花仍在顶端开着
要等到什么时候
它才愿意脱落

拥有

这颗心尝过无从抵达的煎熬
拥有月光的轻盈
植物的深情和饱满
灵魂振翅跃向高空
双脚仍踏在大地上

一 个 躺 着 的 人

一个去世的人躺在门板上
头朝着大门外
脚朝屋内
闭上的眼睛再也不会睁开

人们在他身边争论
葬礼的细节
不在乎他躺在那里
还未湮灭的灵魂是恐惧是寒冷

一堆纸钱燃成灰烬，仿佛他
无法再重燃的一生

新 年

我已经放弃了一些旧的愿望
又许下一些新的
野蔷薇在阳光下抽出新的枝条
它会最早在春光里开花

我想在这新年的第一天
重新开始
反复在一条路上来回
直到那条路把我拉住

在人群中逆行

紫色的苜蓿在田里盛开
它们生来
只是为了肥田
也会热烈地盛开

天气寒冷的日子
期待着温暖
也有人在温暖时
期待冷冽的空气到来

有时在人群中逆行
向着少数人的方向奔走
若一生循规蹈矩
那该多么平庸

大 海

我想再坐一会儿
吹吹风
听听河水的声响

河水行走的节奏
是心跳的节奏
它的终点是大海吗

故事的结尾是悲伤吗
小河得到了大海
却失去了自己

莞尔

从前的我不知道
微笑也需要力气
每次出发前
需要先养好伤

一个人要用很久的时间
去数清遇见的树
看清世界的真相
世界的真相，是没有真相

观鸟者

隐藏在迷彩屋里的观鸟者
长时间保持不动
为了捕捉飞翔的瞬间
他们全神贯注

什么也不想，只看着一个方向
用初恋般的心情等待着

不 确 定 的 我

一切都在走动
云朵在天空走向自己的山涧
溪水走向自己的深渊
石头会滚动，走到我面前

各种形状的蝴蝶
在花的肩膀上走动
我以前知道自己会走到哪里
现在不确定了

世 界 小 小 的

母亲把襁褓中的婴儿
带到树下
她和生产队的人
在地里拔草

大多数时候
婴儿的眼睛
会盯着头顶的树枝
被束缚的双臂试图展翅

听到她大声哭泣
母亲会丢下手中的杂草
跑到树下
把她抱在怀里

小鱼在河流的襁褓里
小村在群山的襁褓里
世界小小的
都有自己的母亲

雾

浓雾快要从平原上消失，没有人察觉
一群被大雾吞噬的人，又回到了小路上
仿佛大雾从来没有藏起什么
所有走进大雾的，最后都被放出来了吗

愿望

我愿意
做一只甲壳虫子
安安静静
躺在一片叶子上面
让月光和太阳
轮流把我晒着

龙溪沟

从白云洞发源的河流
穿越上安寺向北
信步的风让一座山荡漾
峡谷中的悬崖
藏着千万年的岁月和愿望

谷口的乌桕
站成燃烧的姿势
喜鹊在老牛背上踱着步
我们不比一棵树更高
不比蓝澈的天空更纯净

我们在山上
走走停停

林间斑驳的阳光
偶尔照耀出眼睛的闪烁

饮一杯月光

我要这么完美的月色有什么用呢
如果你不在我身边
一切的美景不过令人感伤

我要这么坚强的微笑又如何呢
生命短暂如夏花盛开
不如痛快地饮一杯月光，大醉一场

相逢的人会再相逢

有一天我要去看你
总有一天，我要去看你
在武汉，江滩的风吹着我们
有些恍惚和莫名的伤感

远处有人旋转着烟火
家乡的角落
蒲公英也是这样悄悄展开笑颜

那 个 大 叔

公司那个新来的大叔
常用强势的眼神看我
因此，我从不坐在他的对面
有时候，我看着窗外
一声不吭。我知道他在打量我
就像打量一只绵羊，不用回过头去
他的野心，我用余光也能看见

梨 花

从前的老院子里的梨树
我如此想念的梨树
它还在吗

那被我们摇晃的梨树
在春天下雪，落在母亲的黑发上
那时我们永远精力旺盛
不像现在，可以一个人发呆很久
想一个名字
怎么也想不起来

鸵 鸟

据说，好人想变坏是不容易的
做坏事也需要潜质

我不是坏人，却偶尔也想做一件小小的坏事
然后找个沙堆
把头埋起来

阳光灿烂的日子

打开窗子
把阳光和风
都放进来

我现在不怕晒黑
要是有人还想找到我
我掉到煤灰里
他也能把我翻出来

暮色

暮色渐渐降临
两个赤足的乞丐
在路边烧着落叶
他们笑得很快活
整条街就暖和起来了

过两天就要下雪了

这几天一点儿也不冷
除了妈妈，去给小羊做了棉袄
没有人为过冬做准备

除了妈妈，也没有人相信
过两天真的会下雪

发呆的石头

天空昏暗
要下雪的样子
把秋天过完了
就真的下雪了

经过大魁山的时候
我想去那里
想一些事情

那些石头发呆的样子
像鹭鸟收起快活的翅膀

应该是这样的

大魁山上
那成千上万只
数也数不清的鹭鸟

它们飞起来
就是洁白的云

它们落下去
就是大大的雪

小 怪 物

这个全世界最帅的男人
每天在背后追我
他喊，妈妈，等等我

我爱他，他爱我
有一天，我不在了
他还爱我

新棉被

有点睡不着了
我就想
这棉被
从新疆到大悟
从出生到采摘
经过多少双手的抚摸
披星戴月
现在才能
静静地
覆盖着我

一生没有遇到一把钥匙

一生没有遇到一把钥匙
打开自己
缓慢地旋转，钝痛
然后明亮

一生没有遇到一把钥匙
没有奋不顾身爱一个人
没有像中枪了一样
粉身碎骨
也没有完整

五月上花山

要等到五月
非洲菊才会破土而出
汹涌如潮，站满了山坡

像孩子的脸，一天一个样子
要采集所有的光线
一朵花才能耀眼

它们的祖先走了很远的路
现在这一望无际的山脉都是它的

写 给 你 的 信

出于礼貌
我记下你的地址
没有给你写信
我时常想起你
不是你们，但我会说你们好
我记得你的眼神
那么多年还是清澈的
有些话，当时没来得及说
现在不想说了
春风十里，荞麦青青
这世上那么多人
值得念想的还真没几个